為什麼不能等一下

王宏哲／文　侯小妍／圖

有個孩子很愛說「 等一下」 ，
媽媽叫他吃飯、 寫功課、 洗澡，
他都說「 等一下」 ，
他覺得等一下又沒什麼關係，
直到有一天， 他終於發現……

愛說等一下會
發生什麼事呢？
一起來看看吧！

2

06:30

早ㄗㄠˇ上ㄕㄤˋ 6 點ㄉㄧㄢˇ半ㄅㄢˋ，
樂ㄌㄜˋ樂ㄌㄜˋ和ㄏㄜˊ悠ㄧㄡ悠ㄧㄡ都ㄉㄡ在ㄗㄞˋ睡ㄕㄨㄟˋ覺ㄐㄧㄠˋ。

樂ㄌㄜˋ樂ㄌㄜˋ， 起ㄑㄧˇ床ㄔㄨㄤˊ囉ㄌㄡˊ！

7點ㄉㄧㄢˇ半ㄅㄢˋ， 媽ㄇㄚ媽ㄇㄚ說ㄕㄨㄛ：「 起ㄑㄧˇ床ㄔㄨㄤˊ囉ㄌㄡˊ！」
今ㄐㄧㄣ天ㄊㄧㄢ是ㄕˋ去ㄑㄩˋ遊ㄧㄡˊ樂ㄌㄜˋ園ㄩㄢˊ玩ㄨㄢˊ的ㄉㄜ˙日ㄖˋ子ㄗˇ。

悠ㄧㄡ悠ㄧㄡ，
該ㄍㄞ起ㄑㄧˇ床ㄔㄨㄤˊ了ㄌㄜ˙，
不ㄅㄨˋ然ㄖㄢˊ會ㄏㄨㄟˋ來ㄌㄞˊ不ㄅㄨˋ及ㄐㄧˊ！

4

好ㄏㄠˇ！

樂樂全家

可ㄎㄜˇ是ㄕˋ悠ㄧㄡ悠ㄧㄡ昨ㄗㄨㄛˊ天ㄊㄧㄢ貪ㄊㄢ玩ㄨㄢˊ太ㄊㄞˋ晚ㄨㄢˇ睡ㄕㄨㄟˋ， 起ㄑㄧˇ不ㄅㄨˋ來ㄌㄞˊ，
一ㄧˋ直ㄓˊ跟ㄍㄣ媽ㄇㄚ媽ㄇㄚ說ㄕㄨㄛ：「 等ㄉㄥˇ一ㄧˋ下ㄒㄧㄚ！」

等ㄉㄥˇ一ㄧˋ下ㄒㄧㄚ！

悠悠全家

小朋友，悠悠為什麼一直說
等一下呢？

5

樂ㄌㄜˋ樂ㄌㄜˋ，刷ㄕㄨㄚ完ㄨㄢˊ牙ㄧㄚˊ
來ㄌㄞˊ吃ㄔ吐ㄊㄨˇ司ㄙ囉ㄌㄨㄛ！

07：40

媽ㄇㄚ媽ㄇㄚ忙ㄇㄤˊ著ㄓㄜˋ弄ㄋㄨㄥˋ早ㄗㄠˇ餐ㄘㄢ，樂ㄌㄜˋ樂ㄌㄜˋ和ㄏㄢˊ悠ㄧㄡ悠ㄧㄡ
起ㄑㄧˇ床ㄔㄨㄤˊ後ㄏㄡˋ要ㄧㄠˋ先ㄒㄧㄢ去ㄑㄩˋ刷ㄕㄨㄚ牙ㄧㄚˊ。

悠ㄧㄡ悠ㄧㄡ，快ㄎㄨㄞˋ刷ㄕㄨㄚ牙ㄧㄚˊ，
來ㄌㄞˊ吃ㄔ早ㄗㄠˇ餐ㄘㄢ！

好ㄏㄠˇ，早ㄗㄠˇ餐ㄘㄢ看ㄎㄢˋ起ㄑㄧˇ來ㄌㄞˊ好ㄏㄠˇ好ㄏㄠˇ吃ㄔ！

但ㄉㄢˋ是ㄕˋ，悠ㄧㄡ悠ㄧㄡ因ㄧㄣ為ㄨㄟˋ沒ㄇㄟˊ睡ㄕㄨㄟˋ飽ㄅㄠˇ，拖ㄊㄨㄛ拖ㄊㄨㄛ拉ㄌㄚ拉ㄌㄚ，
而ㄦˊ且ㄑㄧㄝˇ一ㄧˋ直ㄓˊ生ㄕㄥ氣ㄑㄧˋ的ㄉㄜˊ說ㄕㄨㄛ：「等ㄉㄥˇ一ㄧˊ下ㄒㄧㄚˋ！」

等ㄉㄥˇ一ㄧˊ下ㄒㄧㄚˋ！
不ㄅㄨˋ要ㄧㄠˋ催ㄘㄨㄟ我ㄨㄛˇ！

小朋友，當媽媽催你快的時候，
你是什麼感覺？

樂ㄌㄜˋ樂ㄌㄜˋ！記ㄐㄧˋ得ㄉㄜ˙吃ㄔ完ㄨㄢˊ
要ㄧㄠˋ做ㄗㄨㄛˋ什ㄕㄣˊ麼ㄇㄜ˙嗎ㄇㄚ˙？

我ㄨㄛˇ記ㄐㄧˋ得ㄉㄜ˙！

07:45

樂ㄌㄜˋ樂ㄌㄜˋ已ㄧˇ經ㄐㄧㄥ在ㄗㄞˋ吃ㄔ早ㄗㄠˇ餐ㄘㄢ了ㄌㄜ˙，
但ㄉㄢˋ悠ㄧㄡ悠ㄧㄡ卻ㄑㄩㄝˋ一ㄧˋ直ㄓˊ在ㄗㄞˋ生ㄕㄥ氣ㄑㄧˋ。

我ㄨㄛˇ沒ㄇㄟˊ發ㄈㄚ呆ㄉㄞ！
我ㄨㄛˇ不ㄅㄨˋ想ㄒㄧㄤˇ吃ㄔ！

悠ㄧㄡ悠ㄧㄡ，
別ㄅㄧㄝˊ發ㄈㄚ呆ㄉㄞ！快ㄎㄨㄞˋ吃ㄔ！
包ㄅㄠ包ㄅㄠ還ㄏㄞˊ沒ㄇㄟˊ收ㄕㄡ！

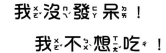

"樂樂" 的時間計劃表

7:30	起床、刷牙、吃早餐
8:30-8:50	收拾包包、準備出門
9:10-9:15	到幸福車站
10:00-17:00	到幸福樂園玩
18:00-20:30	家庭聚會
20:30-21:00	回到溫暖的家
21:00-21:40	洗澡、上床睡覺

看ㄎㄢ！這ㄓㄜ是ㄕ他ㄊㄚ們ㄇㄣ做ㄗㄨㄛ的ㄉㄜ今ㄐㄧㄣ日ㄖ時ㄕ間ㄐㄧㄢ計ㄐㄧ劃ㄏㄨㄚ表ㄅㄧㄠ。
咦ㄧ？悠ㄧㄡ悠ㄧㄡ的ㄉㄜ計ㄐㄧ劃ㄏㄨㄚ表ㄅㄧㄠ怎ㄗㄣ麼ㄇㄜ一ㄧ片ㄆㄧㄢ空ㄎㄨㄥ白ㄅㄞ？

"悠悠" 的時間計劃表

小朋友，你會規劃一天該做的事嗎？

9

媽ㄇㄚ媽ㄇㄚ！
我ㄨㄛ吃ㄔ飽ㄅㄠ了ㄌㄜ！
我ㄨㄛ去ㄑㄩ收ㄕㄡ包ㄅㄠ包ㄅㄠ！

吃ㄔ完ㄨㄢ早ㄗㄠ餐ㄘㄢ，
樂ㄌㄜ樂ㄌㄜ和ㄏㄜ悠ㄧㄡ悠ㄧㄡ該ㄍㄞ做ㄗㄨㄛ什ㄕ麼ㄇㄜ呢ㄋㄜ？

哼ㄏㄥ！才ㄘㄞ不ㄅㄨ會ㄏㄨㄟ咧ㄌㄧㄝ！
現ㄒㄧㄢ在ㄗㄞ還ㄏㄞ早ㄗㄠ！

悠ㄧㄡ悠ㄧㄡ，
你ㄋㄧ還ㄏㄞ玩ㄨㄢ香ㄒㄧㄤ蕉ㄐㄧㄠ！
快ㄎㄨㄞ來ㄌㄞ不ㄅㄨ及ㄐㄧ了ㄌㄜ！

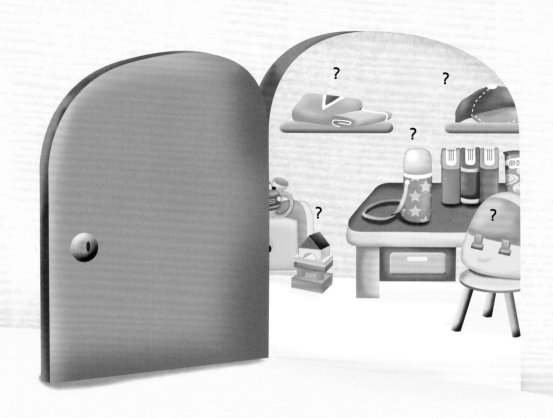

按ㄢˋ照ㄓㄠˋ計ㄐㄧˋ劃ㄏㄨㄚˋ表ㄅㄧㄠˇ，現ㄒㄧㄢˋ在ㄗㄞˋ要ㄠˋ收ㄕㄡ拾ㄕˊ外ㄨㄞˋ出ㄔㄨ的ㄉㄜ˙東ㄉㄨㄥ西ㄒㄧ了ㄌㄜ˙，
小ㄒㄧㄠˇ朋ㄆㄥˊ友ㄧㄡˇ，找ㄓㄠˇ找ㄓㄠˇ看ㄎㄢˋ出ㄔㄨ門ㄇㄣˊ要ㄧㄠˋ帶ㄉㄞˋ什ㄕㄣˊ麼ㄇㄜ˙東ㄉㄨㄥ西ㄒㄧ呢ㄋㄜ˙？

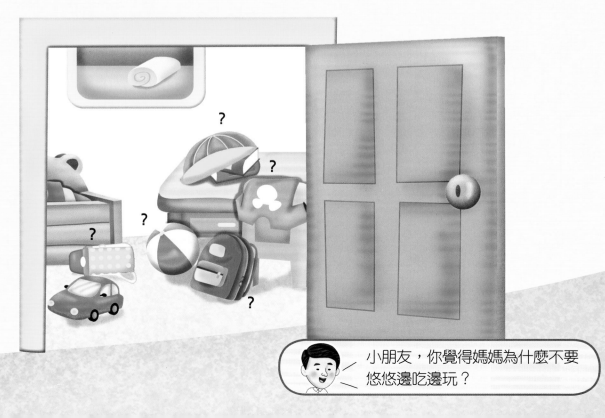

小朋友，你覺得媽媽為什麼不要
悠悠邊吃邊玩？

我ㄨㄛˇ知ㄓ道ㄉㄠˋ要ㄧㄠˋ帶ㄉㄞˋ水ㄕㄨㄟˇ壺ㄏㄨˊ、毛ㄇㄠˊ巾ㄐㄧㄣ……看ㄎㄢˋ看ㄎㄢˋ還ㄏㄞˊ要ㄧㄠˋ帶ㄉㄞˋ些ㄒㄧㄝ什ㄕㄣˊ麼ㄇㄜ˙?

今天該帶的物品:
☐ 水壺
☐ 備用衣
☐ 擦汗毛巾
☐ 少許餅乾
☐ 帽子
☐ 薄外套

08:30

因ㄧㄣ為ㄨㄟˋ樂ㄌㄜˋ樂ㄌㄜˋ前ㄑㄧㄢˊ一ㄧ天ㄊㄧㄢ就ㄐㄧㄡˋ規ㄍㄨㄟ劃ㄏㄨㄚˋ了ㄌㄜ˙,所ㄙㄨㄛˇ以ㄧˇ可ㄎㄜˇ以ㄧˇ很ㄏㄣˇ快ㄎㄨㄞˋ準ㄓㄨㄣˇ備ㄅㄟˋ好ㄏㄠˇ。

火ㄏㄨㄛˇ車ㄔㄜ好ㄏㄠˇ好ㄏㄠˇ玩ㄨㄢˊ喔ㄛ!我ㄨㄛˇ先ㄒㄧㄢ玩ㄨㄢˊ一ㄧ下ㄒㄧㄚˋ,反ㄈㄢˇ正ㄓㄥˋ時ㄕˊ間ㄐㄧㄢ還ㄏㄞˊ早ㄗㄠˇ!

可ㄎㄜ是ㄕ，悠ㄧㄡ悠ㄧㄡ貪ㄊㄢ玩ㄨㄢ忘ㄨㄤ了ㄌㄜ先ㄒㄧㄢ做ㄗㄨㄛ該ㄍㄞ做ㄗㄨㄛ的ㄉㄜ事ㄕ，
竟ㄐㄧㄥ然ㄖㄢ跑ㄆㄠ去ㄑㄩ玩ㄨㄢ玩ㄨㄢ具ㄐㄩ。

小朋友，悠悠先做想做的事，
沒做該做的事，會有什麼結果？

樂ㄌㄜˋ樂ㄌㄜˋ，8：50了ㄌㄜ˙，
你ㄋㄧˇ好ㄏㄠˇ了ㄌㄜ˙嗎ㄇㄚ˙？
準ㄓㄨㄣˇ備ㄅㄟˋ出ㄔㄨ門ㄇㄣˊ囉ㄌㄛ˙！

樂ㄌㄜˋ樂ㄌㄜˋ和ㄏㄢˊ悠ㄧㄡ悠ㄧㄡ 9 點ㄉㄧㄢˇ要ㄧㄠˋ出ㄔㄨ門ㄇㄣˊ，
現ㄒㄧㄢˋ在ㄗㄞˋ只ㄓˇ剩ㄕㄥˋ下ㄒㄧㄚˋ 10 分ㄈㄣ鐘ㄓㄨㄥ。

悠ㄧㄡ悠ㄧㄡ，剩ㄕㄥˋ 10 分ㄈㄣ鐘ㄓㄨㄥ了ㄌㄜ˙，
你ㄋㄧˇ還ㄏㄞˊ在ㄗㄞˋ拖ㄊㄨㄛ拖ㄊㄨㄛ拉ㄌㄚ拉ㄌㄚ，
待ㄉㄞ會ㄏㄨㄟˋ兒ㄦ不ㄅㄨˋ等ㄉㄥˇ你ㄋㄧˇ喔ㄛ！

媽媽！
我早就收好
在等妳了！

樂樂把包包收好了，
但悠悠卻什麼東西也沒放進包包。

等一下啦！媽媽，
要帶什麼？

小朋友，你覺得樂樂及悠悠現在
分別是什麼感覺？

媽ㄇㄚ媽ㄇㄚ，車ㄔㄜ子ㄗ來ㄌㄞ了ㄌㄜ耶ㄧㄝ！
我ㄨㄛ要ㄧㄠ跟ㄍㄣ彩ㄘㄞ繪ㄏㄨㄟ列ㄌㄧㄝ車ㄔㄜ拍ㄆㄞ照ㄓㄠ！

幸ㄒㄧㄥ福ㄈㄨ樂ㄌㄜ園ㄩㄢ的ㄉㄜ接ㄐㄧㄝ駁ㄅㄛ火ㄏㄨㄛ車ㄔㄜ進ㄐㄧㄣ站ㄓㄢ了ㄌㄜ，
9點ㄉㄧㄢ15分ㄈㄣ會ㄏㄨㄟ準ㄓㄨㄣ時ㄕˊ開ㄎㄞ車ㄔㄜ。

媽ㄇㄚ媽ㄇㄚ，
等ㄉㄥ一ㄧ下ㄒㄧㄚ啦ㄌㄚ！
我ㄨㄛ很ㄏㄣ累ㄌㄟ耶ㄧㄝ～

糟糕，拖拖拉拉的悠悠，
快要來不及搭上火車了。

快點，
誰叫你拖拖拉拉，
只顧著玩，都不看時間！

 小朋友，說說看，悠悠媽媽現在
的心情是什麼？

09:30

火ㄏㄨㄛˇ車ㄔㄜ 10 點ㄉㄧㄢˇ會ㄏㄨㄟˋ到ㄉㄠˋ幸ㄒㄧㄥˋ福ㄈㄨˊ樂ㄌㄜˋ園ㄩㄢˊ， 車ㄔㄜ程ㄔㄥˊ總ㄗㄨㄥˇ共ㄍㄨㄥˋ 45 分ㄈㄣ鐘ㄓㄨㄥ， 坐ㄗㄨㄛˋ車ㄔㄜ最ㄗㄨㄟˋ需ㄒㄩ要ㄧㄠˋ耐ㄋㄞˋ心ㄒㄧㄣ。

樂樂，還好我們有準時出門，才有位置坐！

嗯！

今天好多人要去幸福樂園，悠悠趕的快累死了，卻沒有位置坐。

幸福車站 ➔➔ 幸福樂園

悠悠，沒有位置坐，只好忍耐一下，很快就到了！

哼～我不要站，我好累！

小朋友，你覺得悠悠為什麼說他好累？

樂ㄌㄜˋ樂ㄌㄜˋ，我ㄨㄛˇ們ㄇㄣ˙先ㄒㄧㄢ看ㄎㄢˋ遊ㄧㄡˊ園ㄩㄢˊ地ㄉㄧˋ圖ㄊㄨˊ，想ㄒㄧㄤˇ一ㄧˋ想ㄒㄧㄤˇ從ㄘㄨㄥˊ哪ㄋㄚˇ裡ㄌㄧˇ開ㄎㄞ始ㄕˇ玩ㄨㄢˊ吧ㄅㄚˋ！

終ㄓㄨㄥ於ㄩˊ到ㄉㄠˋ幸ㄒㄧㄥˋ福ㄈㄨˊ樂ㄌㄜˋ園ㄩㄢˊ，悠ㄧㄡ悠ㄧㄡ一ㄧˋ進ㄐㄧㄣˋ到ㄉㄠˋ樂ㄌㄜˋ園ㄩㄢˊ就ㄐㄧㄡˋ亂ㄌㄨㄢˋ衝ㄔㄨㄥ。

我ㄨㄛˇ要ㄧㄠˋ去ㄑㄩˋ玩ㄨㄢˊ那ㄋㄚˋ個ㄍㄜˋ，看ㄎㄢˋ起ㄑㄧˇ來ㄌㄞˊ好ㄏㄠˇ好ㄏㄠˇ玩ㄨㄢˊ！

好！我想要全部都玩到。

而樂樂聽媽媽的話，先看遊樂園地圖，想一想要從哪裡開始玩？

悠悠，你不要亂跑，我們看地圖規劃一下，才不會浪費時間。

小朋友，你覺得為什麼悠悠一到遊樂園就開始亂跑呢？

樂樂ㄌㄜˋ，表演ㄅㄧㄠˇ ㄧㄢˇ快ㄎㄨㄞˋ開始ㄎㄞ ㄕˇ了ㄌㄜˋ，要ㄧㄠˋ不ㄅㄨ要ㄧㄠˋ先ㄒㄧㄢ去ㄑㄩˋ廁所ㄘㄜˋ ㄙㄨㄛˇ？

喔ㄛ！好ㄏㄠˇ的ㄉㄜ。

13:50

下午ㄒㄧㄚˋ ㄨˇ２點ㄉㄧㄢˇ的ㄉㄜ「小丑ㄒㄧㄠˇ ㄔㄡˇ變變變ㄅㄧㄢˋ ㄅㄧㄢˋ ㄅㄧㄢˋ」是ㄕˋ幸福ㄒㄧㄥˋ ㄈㄨˊ樂園ㄌㄜˋ ㄩㄢˊ最ㄗㄨㄟˋ有ㄧㄡˇ趣ㄑㄩˋ的ㄉㄜ表演ㄅㄧㄠˇ ㄧㄢˇ。

樂樂跟悠悠也想去看這個表演，但這個演出長達 1 小時，所以要先去上廁所。

我現在不想尿！
等一下再尿！

現在去尿！
你每次都看一半
才要去尿尿！

小朋友，悠悠媽媽為什麼要他先去上廁所？

23

媽媽，
星際飛象
好好看。

對啊！
那隻魔法飛象
好厲害！

現在登場的是小丑變變變裡，
最精采的「星際飛象」。

當ㄉㄤ所ㄙㄨㄛˇ有ㄧㄡˇ人ㄖㄣˊ都ㄉㄡ看ㄎㄢˋ到ㄉㄠˋ目ㄇㄨˋ不ㄅㄨˋ轉ㄓㄨㄢˇ睛ㄐㄧㄥ時ㄕˊ，
悠ㄧㄡ悠ㄧㄡ突ㄊㄨˊ然ㄖㄢˊ跟ㄍㄣ媽ㄇㄚ媽ㄇㄚ說ㄕㄨㄛ他ㄊㄚ想ㄒㄧㄤˇ尿ㄋㄧㄠˋ尿ㄋㄧㄠˋ。

媽ㄇㄚ媽ㄇㄚ，
我ㄨㄛˇ快ㄎㄨㄞˋ尿ㄋㄧㄠˋ下ㄒㄧㄚˋ去ㄑㄩˋ了ㄌㄜ！

剛ㄍㄤ剛ㄍㄤ你ㄋㄧˇ不ㄅㄨˋ去ㄑㄩˋ尿ㄋㄧㄠˋ，
最ㄗㄨㄟˋ精ㄐㄧㄥ采ㄘㄞˇ的ㄉㄜ橋ㄑㄧㄠˊ段ㄉㄨㄢˋ，
你ㄋㄧˇ才ㄘㄞˊ要ㄧㄠˋ尿ㄋㄧㄠˋ！

小朋友，你覺得悠悠跟媽媽現在
分別是什麼心情呢？

樂ㄌㄜˋㄌㄜˋ，
禮ㄌㄧˇ物ㄨˋ選ㄒㄩㄢˇ好ㄏㄠˇ了ㄌㄜ˙嗎ㄇㄚ˙？

準ㄓㄨㄣˇ備ㄅㄟˋ離ㄌㄧˊ園ㄩㄢˊ了ㄌㄜ˙，他ㄊㄚ們ㄇㄣˊ正ㄓㄥˋ在ㄗㄞˋ禮ㄌㄧˇ品ㄆㄧㄣˇ店ㄉㄧㄢˋ選ㄒㄩㄢˇ晚ㄨㄢˇ上ㄕㄤˋ要ㄧㄠˋ送ㄙㄨㄥˋ人ㄖㄣˊ的ㄉㄜ˙禮ㄌㄧˇ物ㄨˋ。

悠ㄧㄡ悠ㄧㄡ，叫ㄐㄧㄠˋ你ㄋㄧˇ挑ㄊㄧㄠ禮ㄌㄧˇ物ㄨˋ，
你ㄋㄧˇ怎ㄗㄣˇ麼ㄇㄜ˙還ㄏㄞˊ在ㄗㄞˋ玩ㄨㄢˊ？

媽ㄇㄚ媽ㄇㄚ， 我ㄨㄛ可ㄎㄜ以ㄧ 兩ㄌㄧㄤ個ㄍㄜ都ㄉㄡ買ㄇㄞ嗎ㄇㄚ？

樂ㄌㄜ樂ㄌㄜ選ㄒㄩㄢ好ㄏㄠ禮ㄌㄧ物ㄨ了ㄌㄜ， 可ㄎㄜ是ㄕ悠ㄧㄡ悠ㄧㄡ只ㄓ顧ㄍㄨ著ㄓㄜ玩ㄨㄢ，
忘ㄨㄤ了ㄌㄜ該ㄍㄞ做ㄗㄨㄛ什ㄕㄣ麼ㄇㄜ事ㄕ。

等ㄉㄥ一ㄧ下ㄒㄧㄚ啦ㄌㄚ！

小朋友，你覺得悠悠媽媽為什麼生氣了？

樂樂，五點了，我們得出發去餐廳了。

又要搭幸福列車，太棒了！

17:00

到預定離開樂園的時間了，6點要跟家人在餐廳吃飯。

幸福樂園站

悠悠該走了，因為到餐廳，車程要 1 小時，再不走會來不及。

但ㄉㄢˋ悠ㄧㄡ悠ㄧㄡ很ㄏㄣˇ不ㄅㄨˋ開ㄎㄞ心ㄒㄧㄣ，　因ㄧㄣ為ㄨㄟˋ他ㄊㄚ覺ㄐㄩㄝˊ得ㄉㄜˊ還ㄏㄞˊ早ㄗㄠˇ，
不ㄅㄨˋ想ㄒㄧㄤˇ走ㄗㄡˇ，　所ㄙㄨㄛˇ以ㄧˇ沒ㄇㄟˊ在ㄗㄞˋ聽ㄊㄧㄥ媽ㄇㄚ媽ㄇㄚ說ㄕㄨㄛ話ㄏㄨㄚˋ。

等ㄉㄥˇ一ㄧˊ下ㄒㄧㄚˋ！
我ㄨㄛˇ還ㄏㄞˊ沒ㄇㄟˊ有ㄧㄡˇ玩ㄨㄢˊ夠ㄍㄡˋ～
我ㄨㄛˇ還ㄏㄞˊ有ㄧㄡˇ幾ㄐㄧˇ樣ㄧㄤˋ沒ㄇㄟˊ玩ㄨㄢˊ！

小朋友，悠悠生氣媽媽也生氣，
他現在該怎麼辦？

17:30

樂ㄌㄜˋ樂ㄌㄜˋ很ㄏㄣˇ開ㄎㄞ心ㄒㄧㄣ的ㄉㄜ上ㄕㄤˋ車ㄔㄜ，但ㄉㄢˋ，
悠ㄧㄡ悠ㄧㄡ心ㄒㄧㄣ不ㄅㄨˋ甘ㄍㄢ情ㄑㄧㄥˊ不ㄅㄨˊ願ㄩㄢˋ的ㄉㄜ上ㄕㄤˋ車ㄔㄜ。

啊ㄚ！媽ㄇㄚ媽ㄇㄚ，我ㄨㄛˇ忘ㄨㄤˋ記ㄐㄧˋ
寫ㄒㄧㄝˇ作ㄗㄨㄛˋ業ㄧㄝˋ了ㄌㄜ！怎ㄗㄣˇ麼ㄇㄜ辦ㄅㄢˋ？
我ㄨㄛˇ會ㄏㄨㄟˋ寫ㄒㄧㄝˇ不ㄅㄨˋ完ㄨㄢˊ。

媽媽，
今天好好玩。

這時很累的悠悠，突然大哭，因為他想到
功課還沒寫完，明天就要上學⋯⋯

就跟你說作業要先完
成，每次都拖到
最後一刻才要寫，
你看現在⋯⋯

小朋友，經過這次教訓，你覺得
悠悠該如何改變？

終於到了餐廳，原來，今天是樂樂跟悠悠爺爺的生日，他們拿出禮物送給爺爺，大家一起祝爺爺「生日快樂」！

爺爺，
生日快樂！

爺爺，
生日快樂！

回到家後，都要睡覺了，
結果悠悠還要趕作業……

我以後
再也不敢說
「等一下」了！

小朋友，你也愛說等一下嗎？
以後說之前要先想想喔！

孩子愛說「等一下」
給親子的情緒教育 Q&A

每一個人都會說「等一下」，
但如果變成了習慣，除了會讓別人生氣，
更會影響自己接下來該做的事，
小朋友我們來勇闖「情緒小關卡」。

第二關

為什麼不能常說等一

第一關

我說話時會看著人嗎？

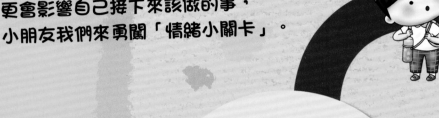

- 我有沒有常常不經意的說等一下？

- 我說等一下，也有好好看著大人，並聽他說話嗎？

- 沒有看著人回答，別人會是什麼感覺？

第三關

我有更好的溝通方法嗎

- 我會因為什麼事而說等一下？

- 有什麼事或什麼時候，其實是不該說等一下的？

- 說等一下會有什麼壞處？

起點

爸媽叫我做事時，我正在做我想做的
，該怎麼辦？

能不能用不生氣的方法好好說話？

不喜歡人家催我，該怎麼辦？

馬在提醒我的時候，他們是什麼感覺？

第四關

我有辦法不常被提醒嗎？

- 日常生活有什麼事，是我常被提醒的？
- 我要如何做，才不會很多事都要被大人提醒？
- 能不能說出每天都該先做的3件事？

第五關

我會不會先做該做的事？

- 有什麼事情要快一點？
  有什麼事情要慢一點？
- 10分鐘是多久時間？
  30分鐘是多久時間？
- 該做的事先做，會有什麼好處？
- 有自己可以自由自在玩的時間，是什麼感覺？

終點

希望大家在看完樂樂與悠悠的故事後，更了解「等一下」
變成習慣可能會帶來的困擾及麻煩，祝福你越來越自動自發，
變成情緒小達人～

作者 **王宏哲**
兒童發展專家 / 職能治療師 / 作家

育有兩子，陽明大學醫學院腦科學研究所碩士畢業、長庚大學醫學院職能治療學系，榮獲 2017 年十大風雲作家、2018 博客來暢銷作家冠軍，非常了解新世代孩子的心理，專長為 0-12 歲兒童發展、兒童情緒管理、兒童認知學習、腦科學，現為天才領袖教育中心執行長。

在評估的臨床經驗中，常發現孩子有許多情緒行為問題，也常發現家長不知情緒教育從何著手，於是夢想將自己的所學，結合到繪本及桌遊中，讓父母可以玩中學，陪伴孩子一起成長。

著有：《孩子的教養，你做對了嗎？》《教孩子比 IQ 更重要的事》《跟著王宏哲，早期教育 So Easy！》《教養的秘密》《EQ 的力量：勇闖 EQ 神秘島》《慢吞吞英雄》《小嘻瓜的魔髮樂園》《教養的真相》《神奇魔杖》等。

leaderkid
天才領袖

情緒小學堂 001

為什麼不能等一下

王宏哲給孩子的情緒教育繪本

作　　者｜王宏哲
繪　　者｜侯小妍
總 編 輯｜王宏哲
美術編輯｜黃嘉貞、林珊
責任編輯｜陳郁侖　行銷企劃｜郭芷妤

發 行 人｜王宏哲
總 經 銷｜天才領袖教育集團
出 版 者｜健康大腦發展有限公司
地　　址｜100 台北市中正區羅斯福路二段 56 號 5 樓
客服專線｜（02）2396-3177#13
客服信箱｜ec2.leaderkid@gmail.com
網　　址｜https://www.leaderkid.com.tw/
法律顧問｜徐秀鳳律師
海外、大量訂購｜ec2.leaderkid@gmail.com

出版日期｜2020 年 7 月 初版
　　　　　2020 年 9 月 三十六刷
定　　價｜360 元
ISBN：978-986-96315-1-8